LECTURES CLE EN FRANÇAIS FACILE

LA GUERRE DES BOUTONS

LOUIS PERGAUD

Adapté en français facile
par Elyette Roussel

CLE
INTERNATIONAL

© CLE International, 1996 - ISBN : 209 031 925 - 9

Louis Pergaud naît en 1882 et meurt en 1914. Jusqu'en 1907 il vit à la campagne et travaille comme instituteur. Puis il s'installe à Paris et publie quelques livres de poésie et des romans qui parlent des animaux et des gens de la campagne.

Il est surtout connu pour son roman *La Guerre des boutons*, écrit en 1912, deux ans avant le début de la Première Guerre mondiale, et dont on a fait un film en 1962.

***

À la veille de la Première Guerre mondiale (1914-1918), la France rurale[1] est une France pauvre. Les paysans n'ont pas d'argent, pas de machines pour les aider dans leur travail. Ils sont mal habillés et ont peu de vêtements de rechange. Leur nourriture de base est la pomme de terre et les enfants doivent travailler avec leurs parents pour les aider.

1. Rural(e) : de la campagne.

ou → [u] où

Les mots ou expressions suivis d'un astérisque* dans le texte sont expliqués dans le Vocabulaire, page 59.

I

Il est huit heures du matin, un jour du mois d'octobre. Les travaux des champs sont terminés[1] et, un par un, ou par petits groupes, les enfants du village retournent à l'école, habillés de vêtements vieux mais très propres.

Les grands sont déjà dans la cour de l'école. Le maître[2], le père[3] Simon, est à l'entrée.

Les deux Gibus et Boulot entrent dans la cour et retrouvent les grands : il y a Lebrac, le chef, puis Camus, Gambette, La Crique, qui sait tout, et Tintin, et Têtard… enfin les plus forts du village, qui parlent d'une affaire importante.

Le plus grand des Gibus, qu'on appelle Grangibus pour le distinguer de son frère P'tit[4] Gibus, dit :

1. Terminés : finis.
2. Maître : maître d'école, instituteur.
3. Père : dans le monde rural, on dit souvent « le père » pour parler d'un homme du village, et « la mère » pour parler d'une femme.
4. P'tit (populaire) : petit.

Grangibus et P'tit Gibus.

– Quand nous sommes arrivés, mon frère et moi, les Velrans[1] nous attendaient. Ils ont crié et nous ont jeté des pierres. Et puis ils nous ont appelés « voleurs », « cochons », « couilles molles[2] »…

– Ils ont dit « couilles molles » ? demande Lebrac. Et qu'est-ce que vous avez répondu à cela ?

1. Les Velrans : Velrans est le nom d'un village. On appelle souvent les habitants d'un village par le nom du village où ils habitent.
2. Couille molle (vulgaire) : personne qui manque de courage.

– Nous n'avons rien dit. Ils étaient quinze, nous étions deux, alors nous sommes partis en courant.

– Ils vous ont appelés « couilles molles », dit à son tour le gros Camus, en colère, parce que vous êtes de Longeverne. Et en vous injuriant[1] ainsi, c'est nous tous qu'ils injurient et c'est nous tous qu'ils appellent « couilles molles ».

– Eh bien, ajoute Grangibus, je vous dis maintenant, moi, que si nous ne sommes pas des lâches[2], on va leur faire voir que nous ne sommes pas des « couilles molles ».

– Ne perdons pas plus de temps à discuter, dit alors Lebrac. Il faut nous venger[3].

Ils sont tous d'accord avec leur chef. À ce moment, le père Simon frappe dans ses mains et fait entrer tous les élèves dans la classe.

***

À la sortie de l'école, Lebrac réunit son groupe et explique qu'il a un plan pour se venger des Velrans. Tous veulent aller avec lui mais il choisit Camus, La Crique, Tintin et

---

1. Injurier : dire des injures, des mots qui blessent.
2. Lâche : qui n'est pas courageux.
3. Se venger : répondre à une mauvaise action qu'on a subie par une autre action.

Grangibus. Puis ils se séparent. Les cinq amis partent ensemble sur la route de Velrans.

– Tu as la craie[1] ? demande Lebrac à La Crique.

– Oui, répond La Crique en montrant plusieurs morceaux.

Après une demi-heure de marche, ils arrivent près de Velrans.

L'un derrière l'autre, le chef en tête, ils marchent sans faire de bruit vers l'église du village ennemi. Tout est désert et silencieux. Arrivés devant l'église, Camus, La Crique, Grangibus et Tintin restent un peu en arrière pour surveiller[2] ; Lebrac s'approche[3] de la porte avec un morceau de craie et écrit :

« Tous ceux de Velrans sont des peigne-culs[4] ! »

– Partons vite, dit-il ensuite à ses quatre camarades.

Et ils repartent sans faire de bruit vers Longeverne pour attendre le résultat de leur déclaration de guerre.

---

1. Craie : bâton de calcaire qu'on utilise à l'école pour écrire sur un tableau.
2. Surveiller : regarder si personne ne vient.
3. S'approcher : aller à côté.
4. Peigne-cul (vulgaire) : personne méprisable.

II

LE LENDEMAIN MATIN, après la messe[1] du dimanche, le grand Lebrac attend ses troupes[2] pour leur expliquer la situation. Camus arrive, puis les deux Gibus, puis Gambette qui ne sait encore rien, et Guignard et Boulot, La Crique, Guerreuillas, Bombé, Tétas… Tous les combattants[3] de Longeverne sont là ; ils sont presque quarante.

Les cinq héros[4] de la veille doivent raconter au moins dix fois chacun leur expédition[5]. Puis Lebrac résume la situation en disant :

– Comme ça ils vont voir si nous sommes des couilles molles ! Cet après-midi ils vont venir pour se venger. Nous allons les attendre près du Gros Buisson, avec des lance-pierres[6]. Mes amis, la guerre est déclarée !

---

1. Messe : cérémonie religieuse (dans la religion catholique).
2. Troupe : ensemble de soldats.
3. Combattant : personne qui se bat, qui va à la guerre.
4. Héros : personnage principal.
5. Expédition : déplacement des soldats.
6. Lance-pierre : arme qui sert à lancer des pierres.

Les Longevernes combattent avec des lance-pierres.

L'après-midi, ils se retrouvent tous à l'endroit désigné par le chef.

– Prenez des pierres dans vos poches. On va jusqu'au Gros Buisson.

Le Gros Buisson est un endroit situé au milieu de la route qui va de Longeverne à Velrans. Depuis des années et des années, les garçons de Longeverne et de Velrans se sont tous battus à cet endroit.

Camus monte dans un arbre pour mieux voir arriver l'ennemi.

– Cachez-vous ! Comme ça ils vont penser que je suis tout seul. Je les vois. Il y a l'Aztec des

Gués, Touegueule, Bancal et Tatti et Migue la Lune… Ils sont nombreux.

– C'est toi qui as dit que les Longevernes sont des couilles molles ? demande Lebrac au chef de ses ennemis. Viens ici si tu es un homme !

Ils se disent plusieurs insultes, puis un caillou passe au-dessus des têtes, et enfin une grande quantité de cailloux tombe sur les deux armées.

Mais c'est dimanche : les deux troupes portent leurs plus beaux vêtements et ni les chefs ni les soldats ne veulent les abîmer[1] ou les salir. Car dans les deux villages, rentrer à la maison avec les vêtements du dimanche sales ou abîmés, cela veut dire que les parents vont les battre. C'est pourquoi les deux chefs donnent rapidement à leur troupe le signal du retour.

– On se retrouve demain, les couilles molles de Longeverne, crie l'Aztec des Gués en partant.

– Préparez-vous pour demain, peigne-culs !

Les Longevernes se regroupent pour parler de la bataille du lendemain. Tintin a un plan :

– Nous nous cachons cinq dans ce buisson, et le premier Velran qui passe, nous le faisons prisonnier.

Cela semble une très bonne idée à tous les enfants et Tintin choisit aussitôt les cinq camarades qui seront avec lui.

1. Abîmer : mettre en mauvais état.

***

Le lendemain après l'école, Tintin et ses cinq camarades, les poches pleines de cailloux, sont prêts pour le combat.

Les adversaires se disent des injures, se traitent[1] de lâches, se jettent des cailloux. Quelquefois ce sont les Velrans qui gagnent, d'autres fois ce sont les Longevernes.

Grangibus, qui veut absolument utiliser la bonne idée de Tintin, dit quelques mots à Lebrac et fait semblant de partir tout seul de son côté, sans être vu par l'ennemi ; mais il fait tout ce qu'il peut pour être remarqué par les Velrans. Pendant ce temps, Lebrac occupe l'ennemi.

– Attention, Lebrac, lui dit Tintin, ils vont me prendre. Tout se passe comme je l'ai prévu[2].

Et en effet, trois Velrans se jettent sur Grangibus.

Grangibus semble surpris de cette attaque et il fuit, mais lentement pour laisser ses ennemis le rattraper. Puis il repasse devant le buisson où est caché Tintin, et Tintin et ses cinq guerriers attaquent les Velrans en poussant de grands cris. Les trois ennemis, surpris, s'arrêtent. Deux s'échappent.

---

1. Se traiter de… : se qualifier de…, s'appeler…
2. Comme je l'ai prévu : comme je l'ai imaginé.

– Tous sur Migue la Lune ! crie Tintin.

Et Migue la Lune est fait prisonnier[1].

– Ne me faites pas mal, pleure Migue la Lune.

– Oui, mon petit, et comme ça tu pourras encore nous traiter de couilles molles.

– Ce n'est pas moi ! qu'est-ce que vous voulez me faire ?

– Apportez le couteau, dit Lebrac.

– Oh ! maman, maman ! Qu'est-ce que vous voulez me couper ?

– Les oreilles, crie Tintin.

– Et le nez ! ajoute Camus.

– Ne me faites pas de mal !

Lebrac s'approche de Migue la Lune et passe le dos de son couteau sur ses oreilles. Migue la Lune pleure plus fort et hurle.

Lebrac, content de lui, se met alors à lui couper ses habits : il commence par la blouse*, arrache les boutons du col*, des manches*... Il fait la même chose avec les boutons du pantalon, de la chemise... Et quand il ne reste pas un seul bouton, il coupe les bretelles*, les lacets* des chaussures... puis il laisse partir le garçon.

Migue la Lune, pleurant, court retrouver ses camarades qui l'attendent plus loin.

---

1. Prisonnier : personne qui se fait prendre par l'ennemi et qui est gardée par lui.

III

Les jours suivants sont calmes. Le grand Lebrac et sa troupe gagnent toujours sur les Velrans mais il n'y a pas de prisonniers ni de blessés.

Mais le samedi, tout change. Et tout change parce que la classe du matin se termine mal. Le grand Lebrac, qui ne sait pas sa leçon de mathématiques, doit rester en retenue[1] le soir de quatre à cinq heures. Et il arrive malheureusement la même chose à Tintin, à Grangibus et à Boulot. Seuls Camus, qui n'a pas été interrogé, et La Crique, qui sait toujours ses leçons, peuvent sortir de l'école à l'heure et ce soir, ils seront les chefs de la troupe de Longeverne.

Lebrac n'est pas content. Il veut abandonner le combat de ce soir. Camus et La Crique ne sont pas assez forts pour commander seuls.

Mais Camus lui dit qu'il ne doit pas être

1. Rester en retenue : c'est une punition. L'élève puni doit rester plus de temps à l'école, le soir.

inquiet et, à quatre heures, il part avec le reste des troupes vers le Gros Buisson.

Ce samedi, les Velrans sont en avance et, comme ils ne voient personne, ils sont surpris. Touegueule monte sur un arbre pour savoir si les Longevernes vont venir et il voit immédiatement la petite troupe qui avance. Il dit aussitôt à ses camarades que Lebrac n'est pas là et que le groupe n'est pas nombreux.

L'Aztec des Gués, qui veut venger Migue la Lune, a tout de suite une idée : il faut d'abord faire semblant de se battre comme d'habitude, avancer puis reculer, puis faire des prisonniers.

Camus oublie que son rôle de chef est de rester avec ses troupes pour mieux les commander et il monte à un arbre pour lancer des pierres comme d'habitude.

Pendant une demi-heure, tout va bien. Mais soudain, les Velrans, plus nombreux, attaquent avec violence. Les troupes de Camus s'enfuient et Camus reste seul dans l'arbre, seul en face des Velrans qui poussent un cri de joie en le voyant.

Les Velrans attaquent Camus en lui lançant des cailloux. Le pauvre Camus se protège avec ses mains et ses bras. Soudain, il entend la voix de Lebrac, qui a terminé sa retenue, et il voit la troupe de Longeverne qui arrive pour le sauver.

Mais les Velrans font un prisonnier : Lebrac.

– Lebrac ! Lebrac ! crie Camus. Il faut le sauver !

– Ils sont beaucoup plus nombreux que nous, remarque un Longeverne. Il vaut mieux attendre.

– Mais ses boutons ! dit Camus. Quel malheur ! Où est La Crique ?

– Je suis ici. Je viens de voir Lebrac prisonnier des Velrans... Donnez-moi toute la ficelle[1], toutes les épingles[2] que vous avez... pour réparer les habits de Lebrac. Il va avoir besoin de notre aide.

Pendant ce temps, une scène terrible a lieu. Lebrac, prisonnier des Velrans, se bat avec ses pieds, avec ses mains, ses coudes, ses genoux, ses dents. Mais les autres sont trop nombreux. Douze Velrans se jettent sur lui. Touegueule lui vole son couteau et Tatti lui met un mouchoir* dans la bouche pour l'empêcher de crier.

L'Aztec donne un bâton à Migue la Lune et bientôt les fesses de Lebrac sont bleues de coups.

– Tiens, prends, lui dit Migue la Lune. Ah tu voulais me couper le nez et les oreilles... Je vais te les couper, moi !

---

1. Ficelle : corde très fine.
2. Épingle : sert à attacher deux morceaux de tissu.

Mais les Velrans préfèrent lui couper les bretelles, les lacets et surtout tous les boutons… et Lebrac se retrouve en liberté dans le même état que Migue la Lune cinq jours avant. La seule différence, c'est que le Longeverne ne pleure pas comme l'a fait le Velran ; c'est un chef, lui !

Ses camarades l'entourent aussitôt et tous l'aident à remettre en ordre ses vêtements…

Lebrac, prisonnier des Velrans.

– Bon Dieu ![1] dit Lebrac en se regardant. Mes parents vont me battre !

Camus lui serre la main en silence et tous rentrent chez eux.

Quand Lebrac arrive chez lui, sa famille est déjà en train de dîner.

– Ah ! te voilà ! dit son père. D'où viens-tu ?

Lebrac préfère ne pas répondre et se met à table[2].

– Mange ta soupe, lui dit sa mère.

– Et boutonne* ta blouse*, ajoute le père.

Lebrac fait un geste pour fermer sa blouse mais il ne peut rien faire car elle n'a plus de boutons.

– Je te dis de boutonner ta blouse, répète le père.

– Mon Dieu, ces enfants déchirent tout, dit la mère en voyant les vêtements de son fils. Regarde un peu, dit-elle à son mari.

– Viens voir un peu ici, dit le père à son fils. Non mais regarde ! Pas un bouton à sa chemise ni à sa blouse, des morceaux de ficelle pour tenir son pantalon... Mais d'où viens-tu ? Tu penses peut-être que je vais dépenser mes sous[3] à nourrir un garçon qui ne travaille pas à l'école, ni à la maison...

---

1. Bon Dieu ! : exclamation qui marque la colère.
2. Se mettre à table : s'asseoir devant la table pour manger.
3. Mes sous : mon argent.

– !…

– Réponds !

– !…

– Tu ne veux rien dire ! je vais te faire parler, moi !

Et le père Lebrac prend une branche de bois et se met à battre son fils. Lebrac hurle.

– Va te coucher maintenant.

IV

LE LENDEMAIN MATIN, à la sortie de la messe, toute l'armée de Longeverne est là. Ils parlent tous de la défaite[1] de la veille et attendent Lebrac avec impatience.

– Ça ne peut pas continuer comme ça ! dit Lebrac. Il faut faire quelque chose. Si je rentre encore une fois comme ça à la maison, mes parents ne vont plus me laisser sortir et ils vont me battre à nouveau.

Pendant la messe, Lebrac pense à ce qu'ils vont faire pour se venger et, le soir, il raconte son idée à ses camarades.

– Pour ne pas abîmer nos habits*, il n'y a qu'une solution, c'est de ne pas avoir d'habits ! Nous allons donc nous battre tout nus !

– Tout nus ! disent ses camarades, surpris.

– Parfaitement ! on voit bien que vos parents ne vous ont pas battus comme moi ! Mais d'abord il faut savoir où on va se déshabiller*, où on va cacher les habits. Et puis personne ne

1. Défaite : le contraire d'une victoire.

Les Longevernes décident de se battre tout nus.

doit nous voir. Si le maître ou le curé nous voient tout nus, on sera tous battus en rentrant chez nous !

– Je sais, moi, dit Camus. Derrière le Gros Buisson, il y a un petit pré[1] entouré d'arbres.

Il les emmène pour leur faire voir l'endroit et tous le trouvent très bien.

Le lundi après-midi, à la sortie de l'école, les Longevernes partent en courant vers le pré de Camus. Camus, Grangibus et Gambette vont voir si les Velrans arrivent. Pendant ce temps, Lebrac et ses camarades se déshabillent. Boulot

1. Pré : champ.

va rester près des vêtements pour surveiller.

– Nom de Dieu ![1] dit Lebrac. On n'a pas de poche* pour mettre nos cailloux.

– Prenons nos mouchoirs et mettons nos cailloux dedans, propose La Crique. En avant !

Ils avancent lentement jusqu'au Gros Buisson.

Les Velrans ne voient que quelques ennemis : Camus, Grangibus et Gambette. Ils repensent à leur dernière victoire, mais au moment où ils s'approchent d'eux, ils reçoivent une pluie de cailloux. Les soldats de Lebrac sortent de la nuit, tout nus, hurlant, et se jettent sur la troupe des Velrans.

Les Velrans s'enfuient, épouvantés[2]. Les Longevernes ne peuvent pas les poursuivre car ils sont nus. Mais ils retournent s'habiller en riant de leur victoire.

---

1. Nom de Dieu : exclamation de colère.
2. Épouvantés : qui ont très peur.

I

LE LENDEMAIN, dans la cour de l'école, le groupe des grands, Lebrac au centre, rit en pensant à la bataille de la veille.

– On va se battre de nouveau tout nus, ce soir ? demande Boulot.

– Bien sûr ! répond Lebrac. Comme ça, pas de problème de boutons…

– Oui, mais il ne fait pas chaud le soir. Et je suis sûr que les Velrans ne veulent pas venir ce soir. Hier, ils ont eu trop peur.

– Moi, je ne me bats plus tout nu, dit Guerreuillas. J'ai les pieds tout abîmés par les pierres et les épines[1].

De nombreux camarades sont d'accord avec lui. Lebrac reconnaît qu'il vaut mieux trouver un autre moyen. Mais lequel ?

– Il faut quelqu'un avec nous pour recoudre* les boutons, pour raccommoder* les vêtements…

1. Épine : herbe qui pique.

– Il nous faut des sous, dit Lebrac.

– Des sous ?

– Oui, bien sûr, des sous ! Avec des sous, on achète des boutons, du fil et des aiguilles pour raccommoder, des bretelles, des lacets, tout !

– Mais nous n'avons pas de sous ! répond un camarade.

Le maître fait rentrer les élèves dans la classe, mais ils continuent à parler.

– Tu sais, dit Grangibus à Lebrac, moi j'ai deux sous et personne ne le sait. Quand Théodule vient à la maison, il me donne toujours un sou si je garde son cheval.

Lebrac s'assied à sa place, met ses cahiers et ses livres devant lui, puis il coupe plusieurs feuilles de papier et fait trente-deux morceaux. Ensuite, il écrit sur chaque morceau : « Tu as un sou ? » et il fait passer un papier à chacun de ses camarades. Puis sur une autre feuille, Lebrac écrit le nom de ses trente-deux camarades et, du regard[1], demande à chacun la réponse à sa question. Résultat : vingt-sept oui.

Pendant la récréation[2], tous les grands se mettent autour de Lebrac.

– Voilà, dit Lebrac. Vingt-sept peuvent payer.

---

1. Du regard : en regardant ses camarades.
2. Récréation : à l'école, les élèves peuvent s'amuser pendant la récréation.

Nous sommes quarante-cinq. Qui de vous n'a pas reçu mon mot et a un sou ?

Huit mains se lèvent.

– Vingt-sept et huit…

– Trente-cinq, dit La Crique.

– Trente-cinq sous. Voilà ce que je propose, dit Lebrac. On donne tous un sou par mois et avec cet argent on achète des boutons, du fil, des lacets, etc. Marie, la sœur de Tintin, dit qu'elle peut venir recoudre nos vêtements. Comme ça, en cas de malheur, on se laisse faire sans rien dire et après on rentre propre et bien habillé chez nous.

– Mais on ne peut pas tous donner un sou ! dit Guerreuillas, qui est un pauvre paysan.

– Il faut faire un effort pour avoir tous un sou. Nous allons voter.

Trente-cinq sont d'accord pour donner un sou par mois. Dix ne sont pas d'accord. Les dix qui n'ont pas un sou.

– Voici ce que vous pouvez faire pour avoir des sous, dit Lebrac. Vous pouvez vendre au chiffonnier[1] des vieux habits, des peaux de lapin. Et puis, tout le monde a des poules ; alors un jour vous volez un œuf, un autre jour un autre… et quand vous avez douze œufs, vous allez les vendre à la mère Maillot. Elle donne

1. Chiffonnier : personne qui achète des vieux vêtements, du tissu, du papier…

quelquefois vingt-quatre sous pour douze œufs. Avec six œufs, on peut payer toute l'année. Et puis si vous allez acheter de la chicorée[1], il y a des paquets à quatre sous et des paquets à cinq sous. Alors si votre mère vous donne cinq sous, vous achetez un paquet à quatre sous et vous dites que le prix a augmenté. Et voilà comment on peut avoir un sou ! Et puis, nous ne sommes pas faits prisonniers tous les jours ; nous pouvons prendre d'autres Migue la Lune. Dans ce cas, nous gardons leurs boutons, leurs bretelles, etc., et nous avons aussi une réserve. Et puis, si vous trouvez un bouton, un morceau de ficelle, etc., mettez cela dans votre poche et gardez-le pour le mettre dans le trésor de guerre. Mais c'est mieux si vous donnez un sou.

– Il faut un trésorier[2], dit Camus.

Lebrac ne peut pas être trésorier car c'est le chef. Gambette est souvent absent. La Crique est très bon en calcul mais, malheureusement, il est assis trop près du maître à l'école et le père Simon voit donc tout ce qu'il fait.

– Le trésorier doit être assis au fond de la classe, dit La Crique. Tintin doit être le trésorier.

– C'est une bonne idée, dit Lebrac. En plus,

1. Chicorée : remplace le café chez les pauvres.
2. Trésorier : celui qui garde les sous de tous et qui fait les comptes.

comme ta sœur va venir pour recoudre les vêtements, c'est mieux.

– Oui, mais si les Velrans me font prisonnier, le trésor sera perdu, dit Tintin.

– Alors tu ne te battras pas, tu resteras en arrière avec le trésor et tu regarderas, dit Lebrac.

Dès son arrivée dans la cour de l'école, Tintin commence à recevoir les sous de ses camarades. En plus des trente-cinq sous, il reçoit aussi sept boutons et plusieurs morceaux de ficelle. Toute la matinée, il fait des comptes pour savoir ce qu'il va pouvoir acheter avec cet argent. Pendant la récréation, il dit à ses camarades :

– Nous allons envoyer ma sœur Marie acheter les boutons, les lacets, le fil, les aiguilles, et tout le reste... C'est mieux, car si je vais acheter tout cela moi-même, tout le village va savoir que nous avons un trésor de guerre. Et puis elle va faire un petit sac pour mettre tout ce que nous allons acheter.

Le lendemain, à la sortie de l'école, Tintin sort plusieurs petits paquets de sa poche et montre à ses camarades ce que sa sœur a acheté : cinquante boutons de chemise, vingt-quatre boutons de pantalon, cinq paires[1] de lacets, dix mètres de ficelle, onze aiguilles, du fil blanc, du fil noir.

---

1. Paire : deux.

II

Ce soir-là, les Longevernes sont très contents. Tintin leur montre encore une fois leur trésor de guerre pour les encourager. Puis ils remplissent leurs poches de cailloux et suivent leur chef vers le Gros Buisson.

Camus monte sur son arbre et dit que tous les Velrans sont là.

– Tant mieux ! dit Lebrac. Ce sera une belle bataille.

Pendant un quart d'heure, comme d'habitude, les Velrans et les Longevernes se disent des injures, puis, comme les Velrans ne bougent pas, Camus et vingt de ses soldats s'approchent de l'ennemi, leur lancent des cailloux et partent rapidement. L'ennemi lance lui aussi des cailloux. Malheureusement, un caillou lancé par l'Aztec des Gués tombe sur Camus qui s'arrête un instant de courir. Les Velrans vont le faire prisonnier lorsque Camus met sa main sur son cœur et tombe.

En le voyant tomber, les Velrans ont peur.

– Il est peut-être mort, dit l'un d'eux. Partons !

Les Longevernes reviennent vers Camus en criant. Alors Camus, qui comprend que les Velrans n'attaquent plus, ouvre les yeux, s'assied et se relève tranquillement.

– Bravo, Camus ! crient les Longevernes, qui comprennent pourquoi Camus est tombé.

– Ils vont revenir, dit Lebrac.

En effet, l'Aztec des Gués réunit de nouveau ses soldats et revient se battre.

Tous lancent leurs cailloux puis les deux armées se battent à coups de poing[1] et à coups de pied. Lebrac prend le cou de l'Aztec des Gués entre ses mains.

– Ah ! Je te tiens, lui dit-il en lui donnant des coups de pied.

Aidé par Camus et par Grangibus, il l'emmène vers le Gros Buisson. Quel beau prisonnier ils ont fait !

L'Aztec des Gués est petit et maigre, mais il ne se laisse pas faire. Il mord Lebrac, donne des coups de pied à Camus…

– Nous allons attacher le prisonnier au gros arbre, dit Camus. Donne-moi une corde, Tintin.

---

1. Poing : la main fermée forme le poing.

Puis, comme le prisonnier n'arrête pas de crier, Boulot prend son mouchoir et le met dans sa bouche.

Grangibus prend une branche fine et commence à fesser[1] l'Aztec.

– Et maintenant, occupons-nous de ses vêtements, dit Lebrac. Tintin, prépare tes poches, notre trésor de guerre va devenir plus important.

Lebrac commence par les souliers*.

– Oh ! Oh ! il a des lacets neufs, dit-il en les prenant et en les donnant à Tintin. Et les bretelles* ! Tu as vu les bretelles ?

Et peu à peu, Lebrac lui enlève les lacets, les bretelles, les boutons, un couteau qu'il donne à Gambette et même un sou qu'il trouve dans une poche. Il fait ensuite un balluchon[2] avec tous les vêtements et le donne à l'Aztec. Puis il libère[3] le prisonnier qui enlève de sa bouche le mouchoir et part en criant.

L'Aztec des Gués, en arrivant parmi ses soldats, n'a pas besoin de raconter ce qui s'est passé. Touegueule, monté dans son arbre, a vu tout ce que l'ennemi a fait à son camarade.

– Il faut habiller l'Aztec, dit Touegueule.

---

1. Fesser : frapper sur les fesses.
2. Balluchon : paquet de vêtements.
3. Libérer : redonner sa liberté à quelqu'un.

Ils ouvrent le balluchon et trouvent les souliers, la chemise... mais pas le pantalon.

– Mon pantalon ? Qui a mon pantalon ? demande l'Aztec.

– Il n'est pas dans le balluchon, répond Touegueule. Tu l'as peut-être perdu en courant.

– Il faut aller le chercher.

– Monte sur l'arbre, dit l'Aztec à Touegueule. Tu verras peut-être où il est tombé.

– Je ne vois rien, répond Touegueule, après quelques minutes... Attends ! Ah ! bon Dieu ! Ah ! les cochons ! Les Longevernes ont ton pantalon. Ils l'ont mis au bout d'un bâton et ils le promènent comme un drapeau.

– Comment je vais faire pour rentrer chez moi ? Je ne peux pas traverser le village comme ça !

– Il faut attendre la nuit, dit Touegueule.

– Nos parents vont nous battre si nous rentrons tard, dit Migue la Lune. Il faut trouver autre chose.

Mais personne ne trouve rien et la moitié de la troupe disparaît bientôt, abandonnant son chef.

Tout à coup, Touegueule se frappe le front.

– J'ai trouvé, dit-il. Je vais te donner mon pantalon. Tu vas chez toi, tu mets d'autres vêtements et tu reviens me donner mon pantalon.

L'idée paraît géniale à l'Aztec et il part chez lui.

Pendant ce temps, une autre scène a lieu à Longeverne. Arrivés près de la première maison du village, Lebrac arrête sa troupe et demande :

– Qu'allons-nous faire avec le pantalon de l'Aztec ? Nous ne pouvons pas le promener comme ça.

– J'ai une idée, dit Lebrac. Rentrez chez vous et laissez-moi le pantalon.

– Qu'est-ce que tu vas faire, Lebrac ?

– Vous verrez demain matin, répond Lebrac. Viens ici après huit heures, Camus, tu m'aideras.

Après le repas du soir, Lebrac retrouve Camus et l'emmène sur la place de l'église. Devant l'église, il y a une statue de saint Joseph, les jambes à moitié nues, et Lebrac l'habille avec le pantalon.

III

LE LENDEMAIN MATIN, le trésorier, installé à sa place au fond de la classe, compte plusieurs fois les différentes pièces du trésor. Mais soudain, les boutons du trésor tombent tous par terre en faisant beaucoup de bruit.

– Qu'est-ce que c'est ? demande le père Simon. Et il court vers le fond de la classe pour voir ce qui se passe.

Tintin ne sait pas quoi faire. Lebrac prend rapidement dans sa main le livre sur lequel Tintin écrit ce que contient le trésor.

– Qu'est-ce que vous cachez, Lebrac ? Dites-moi tout ou je vous garde huit jours en retenue.

Montrer le livre, c'est dévoiler[1] le secret qui fait la force de l'armée de Longeverne... Mais huit jours de retenue, c'est beaucoup. Les camarades de Lebrac ne savent pas ce qu'il va faire...

1. Dévoiler : montrer ce qui est caché.

Lebrac est un chef, un vrai héros. Il ouvre son *Histoire de France* et montre au père Simon une image que lui a donnée Marie, la sœur de Tintin, une image avec le mot « souvenir » écrit à la main, une image qui pour lui vaut plus que le trésor...

Mais l'image n'explique pas la chute des boutons et Lebrac finit par dire qu'il échange des images contre des boutons. Le père Simon ne le croit pas vraiment.

– Qu'est-ce que vous faites avec tous ces boutons dans votre poche ? demande le père Simon à Tintin. Je suis sûr que vous les volez à votre mère. Je vais le lui dire. Pour commencer, puisque vous avez fait du bruit, vous allez rester en retenue. Et vous aussi, Lebrac.

– Une heure de retenue pour le chef et le trésorier, pense Camus. Comment est-ce que nous allons nous battre ce soir si les Velrans reviennent ?

Le père Simon regarde par terre, entre les bureaux[1] et les chaises, et il ne voit plus rien. Heureusement, les camarades de Tintin ont ramassé les boutons. En retournant à son bureau, il déchire la belle image de Marie et Lebrac se sent devenir rouge de colère et de douleur.

---

1. Bureau : table sur laquelle les élèves travaillent.

Lebrac en retenue.

Pendant la récréation, tous les camarades qui ont ramassé les boutons les donnent au trésorier.

La dernière heure d'école est triste.

– Qu'est-ce que nous allons faire ce soir ? se demandent les enfants, à la sortie de l'école.

Ils décident de jouer aux billes[1].

Marie passe près d'eux.

– J'ai fait le sac, leur dit-elle.

Tintin vide ses poches dans le sac de sa sœur.

La Crique vient en courant vers eux et dit :

---

1. Bille : petite boule de pierre ou de verre servant à des jeux d'enfant.

– Fais attention aux boutons, Tintin ! Ton père est en train de parler avec le père Simon. Cache-les.

La Crique part en courant et Marie garde le sac.

– Rentre ! dit-elle à son frère, et fais semblant de travailler. Moi, je reste ici.

***

– Qu'est-ce que tu fais ? demande le père à Tintin en rentrant dans la cuisine.

– J'apprends mes leçons pour demain.

– Viens ici !

Tintin obéit, l'air innocent.

– Fais voir tes poches !

– Je n'ai rien fait, je n'ai rien pris, dit Tintin.

– Je te dis de me montrer tes poches !

Tintin met la main dans sa poche droite et sort un mouchoir, un vieux couteau, une bille…

– C'est tout ? demande le père. Fais voir l'autre poche.

Et Tintin sort de l'autre poche un morceau de pain, un morceau de pomme, un caillou…

– Et les boutons ? demande le père.

– Les boutons ? répond Tintin. Je n'ai pas de boutons.

– Le maître m'a dit que tu avais les poches pleines de boutons, cet après-midi.

– Ce n'est pas moi. C'est… Lebrac. Lebrac

voulait échanger des boutons contre une image.

– Ah ! dit la mère. C'est pour cela que je n'ai jamais de boutons dans ma boîte. Tu me les prends !

– Ah ! Je vais t'apprendre à voler, crie le père en donnant un coup de pied à son fils.

***

– Je ne veux plus garder le trésor, dit Tintin à ses camarades, le lendemain. Je ne veux plus avoir de retenues, je ne veux plus me faire battre par mon père. Si mon père trouve un seul bouton dans mes poches, il va me battre encore.

– Quelqu'un doit garder les boutons, dit Lebrac.

Mais personne ne peut ou ne veut être le trésorier.

– Je sais ! dit Lebrac. Il faut trouver un endroit pour cacher le trésor.

– On peut faire une cabane[1], propose La Crique. Une cabane bien cachée.

– Oui, une vraie cabane avec une cheminée et des lits de feuilles pour se reposer, dit Tintin. Il faut trouver un endroit tout de suite.

– Si les Velrans ne viennent pas, nous allons chercher un endroit ce soir.

1. Cabane : petite maison faite dans un pré ou dans une forêt avec du bois, des feuilles…

– Eh bien, Camus et Gambette préparent justement quelque chose pour les Velrans, dit Lebrac. Et croyez-moi, ils ne vont pas venir ce soir !

Ils rentrent tous à l'école, sauf Camus et Gambette. À ce même moment, les deux garçons sont sur la route entre Longeverne et Velrans. Ils s'approchent de l'arbre sur lequel monte toujours Touegueule. Camus monte sur l'arbre, son couteau à la main, et il se met à couper la branche sur laquelle s'installe toujours son ennemi. Il ne veut pas la couper complètement ; il veut seulement la rendre fragile.

– C'est bon, dit soudain Camus. Il pourra monter dessus, elle ne cassera pas immédiatement ; mais dès qu'il va se mettre à bouger pour lancer ses cailloux, elle cassera. On va bien rire !

I

Les Longevernes ne savent pas ce que Camus et Gambette ont fait. Ils ont bien essayé de demander des explications à Lebrac, mais Lebrac leur a seulement dit :

– Regardez bien Touegueule ce soir. Nous allons bien rire.

Aussi, à quatre heures, à la sortie de l'école, ils partent en courant vers le Gros Buisson.

Touegueule s'installe sur son arbre. Il prend son lance-pierre et se met à lancer des cailloux, comme d'habitude. Les Longevernes regardent, mais ils ne voient rien de particulier.

Tout à coup, Touegueule fait un geste brusque ; il y a un bruit sec, la grosse branche sur laquelle il est assis casse et le Velran tombe.

– Oh la la ! Ma jambe ! Ma tête ! Mon bras !

Et tous les Longevernes éclatent de rire. Les Velrans partent en courant. Il n'y aura pas de bataille ce soir.

– Nous sommes tranquilles maintenant, dit Lebrac. Cherchons un endroit pour construire la cabane. Il ne faut pas être trop près de la route, ni trop loin du Gros Buisson.

Ils se mettent tous à chercher. La Crique trouve un endroit idéal : un endroit entouré d'arbres. Lebrac, Camus et tous les autres sont d'accord pour faire là leur cabane.

– Il faut prendre ce soir tous les morceaux de bois qu'on trouvera, des vieux clous, des outils… dit Lebrac. Prenez tous au moins cinq clous chez vos parents.

Ils rentrent au village, en rêvant : ils vont avoir une maison pour eux tout seuls, où ils vont pouvoir faire tout ce que leurs parents, le curé et le maître d'école leur interdisent de faire.

Le lendemain soir, tous les Longevernes apportent quelque chose et Lebrac réunit non pas deux cents clous, mais cinq cent vingt-trois. Tout le monde se met au travail et, en quelques jours, la cabane est terminée.

– Vive la cabane ! Vive nous !

– Vive Longeverne !

– Les Velrans sont tous des peigne-culs !

– Ici, au fond, nous allons garder le trésor et les armes, dit Lebrac. À gauche, nous pouvons faire un lit pour les blessés, et à droite, des bancs[1].

---

1. Banc : plusieurs personnes peuvent s'asseoir sur un banc.

Pendant une semaine, les Longevernes viennent tous les jours dans leur cabane. Ils apportent des pommes de terre, des vieilles casseroles... Et pendant une semaine, ils ne voient pas les Velrans.

Le dimanche après-midi, enfin, les Longevernes et les Velrans se retrouvent ; ils se disent des injures et se lancent des cailloux.

– Apprenons bien nos leçons pour demain, dit Lebrac à ses camarades. Nous ne pouvons pas avoir de retenue car je crois que la bataille va être dure.

Les Longevernes se mettent au travail et, en quelques jours, la cabane est terminée.

***

Le lundi après-midi, les deux troupes sont prêtes à se battre. Camus monte sur son arbre et dès qu'il s'assoit pour lancer des pierres, la branche casse et il tombe de l'arbre.

– C'est sûrement Touegueule qui l'a fait !

Camus remonte sur l'arbre, regarde bien chaque branche et recommence à lancer des cailloux. Lorsque les deux troupes n'ont plus de cailloux, elles avancent l'une vers l'autre pour se battre. Les Longevernes avancent lentement, sans dire un mot. L'Aztec des Gués et Lebrac se trouvent soudain face à face et les deux troupes se lancent l'une sur l'autre.

Il y a des cris, des coups de poing et des coups de pied. Les Velrans partent en courant, mais Touegueule, Migue la Lune et quatre autres ne le font pas assez rapidement et ils sont faits prisonniers.

Camus, qui n'oublie pas qu'il est tombé de l'arbre à cause de Touegueule, décide de se venger : il lui prend sa fronde et lui enlève son pantalon.

Au moment de fesser Migue la Lune, tous les Longevernes se bouchent le nez car une odeur caractéristique sort de son pantalon. Ils lui coupent tous ses boutons. Migue la Lune pleure.

II

LE BUTIN[1] des Longevernes est important : il y a des boutons, des lacets, des couteaux... Le trésor va être plus gros. Justement, c'est le jour où tous doivent apporter un sou.

– Qui n'a pas son sou pour payer l'impôt[2] de guerre ? demande Lebrac.

Personne ne répond.

– Levez la main, ceux qui n'ont pas un sou !

Aucune main ne se lève. Est-ce possible ? Ils ont tous leur sou !

– Vous voyez que ce n'est pas si difficile de trouver un sou ! dit Lebrac.

Puis il regarde le trésor et ajoute :

– Nous avons assez de boutons, de bretelles, de lacets, etc. Nous n'avons donc pas besoin d'acheter toutes ces choses. Nous allons avoir quarante-cinq sous. Alors, pour fêter la

1. Butin : ce que l'on prend à l'ennemi.
2. Impôt : ce que tous doivent payer pour avoir du matériel de guerre.

victoire, je propose de faire une grande fête tous ensemble jeudi après-midi. Vous êtes d'accord ?

– Oui, oui, oui ! Bravo, bravo !

Ils cachent le trésor dans la cabane et rentrent chez eux, tout contents de leur victoire.

***

Le lendemain, ils parlent de la fête.

– Que pouvons-nous acheter pour la fête ?

– Du chocolat !

– Des bonbons !

– Des gâteaux !

– Il faut acheter aussi des sardines, dit Tintin. C'est bon.

– Et nous ferons cuire des pommes de terre, dit Lebrac.

– Il faut boire aussi, dit Grangibus. Je vais essayer de voler une bouteille de vin ou une bouteille d'eau-de-vie[1].

Le jeudi après-midi, tous les Longevernes arrivent à la cabane avec quelque chose pour manger. Gibus et Lebrac ont même deux bouteilles de vin et une bouteille d'eau-de-vie.

1. Eau-de-vie : boisson. Alcool très fort.

Tous les Longevernes arrivent à la cabane avec quelque chose pour manger.

C'est une belle journée. Les enfants entrent, sortent, rient, mangent les pommes de terre, les sardines, le chocolat. Ils parlent des batailles passées, des batailles futures. Puis vient le moment de boire.

La Crique fait un trou dans sa pomme et transforme le fruit en un verre. Tous les enfants font la même chose, puis Lebrac et Grangibus leur donnent du vin.

– À notre santé !

– Vive les Longevernes !

– Les Velrans sont tous des peigne-culs !

III

LE VENDREDI MATIN, ils se retrouvent tous dans la cour de l'école. Ils parlent de leur fête et sont très contents. Soudain, des cris et des injures attirent leur attention. Camus tient Bacaillé par les cheveux : il lui donne des gifles[1] et lui crie dans les oreilles. Le père Simon arrive en courant, sépare les deux garçons, leur donne une heure de retenue à chacun et veut savoir pourquoi Camus bat son camarade.

– Une retenue à Camus ! pense Lebrac. Mais on a besoin de lui ce soir. Les Velrans vont venir et si Camus n'est pas là…

– J'ai toujours pensé, dit Tintin, que Bacaillé allait nous donner des problèmes. Mais pourquoi est-ce que Camus le battait ?

Un petit, qui a tout vu, raconte à Lebrac et à sa troupe ce qui s'est passé : Bacaillé et Camus étaient ensemble aux cabinets[2] et Bacaillé a fait

1. Gifle : coup donné avec la main sur la joue.
2. Cabinet : W.C.

pipi sur le pantalon de Camus pour l'insulter.

– Nous allons tous dire au maître que c'est la faute de Bacaillé, dit La Crique. Comme ça, le maître ne punira pas Camus.

La chose, en réalité, est un peu plus compliquée. Les deux garçons sont entrés dans le même cabinet pour faire pipi.

– Je vais plus loin que toi, a dit Bacaillé.

– Ce n'est pas vrai, a répondu Camus.

Et alors, tous les deux ont essayé d'aller plus loin. Bacaillé, qui voulait injurier Camus et se battre avec lui, a dit :

– La mienne est plus grande que la tienne !

– Pas du tout. La mienne est plus grande, a répondu Camus.

– Menteur ! Mesurons !

Et au moment de mesurer, Bacaillé a fait pipi sur la main et le pantalon de Camus.

Camus a giflé son camarade et l'a injurié.

– Salaud[1] ! crie Camus.

– Assassin ! répond Bacaillé.

– Si vous ne vous taisez pas tous les deux, je vous donne quinze jours de retenue, leur dit le maître.

– Il m'a pissé[2] dessus, dit Camus. Je ne pouvais pas le laisser faire.

---

1. Salaud (familier) : mauvaise personne.
2. Pisser (familier) : faire pipi.

Ses camarades confirment[1] ce que dit Camus.

Tous, petits et grands, disent la même chose au maître :

– Ce que dit Camus est vrai. Bacaillé dit des mensonges.

Bacaillé se met à pleurer et le maître lui donne une retenue. Puis tous les enfants rentrent dans la classe.

1. Confirmer : dire la même chose.

IV

BACAILLÉ ne peut pas oublier les gifles de Camus, la retenue du père Simon ni le fait que tous ses camarades ont dit que Camus disait la vérité et qu'il était un menteur. Il décide donc de se venger.

Il sait que le trésor fait la joie de Lebrac et de tous ses camarades.

– Je peux voler le trésor, bien sûr…

Mais il est prudent. S'il prend le trésor, les autres peuvent le voir.

– Je peux aussi tout dire à mon père… Oui, mais tout le monde saura que c'est moi et la vengeance des Longevernes sera terrible. Que faire ?

Le jeudi suivant, Bacaillé part toute la journée avec son père. Ils vont à la foire[1] de Baume pour vendre un veau[2]. Bacaillé est content car il sait qu'il va passer une bonne journée ; il mangera bien et boira du vin…

1. Foire : grand marché où l'on vend toutes sortes de choses, d'animaux…
2. Veau : petit de la vache.

Ce jour-là, il y a une bataille terrible entre les Longevernes et les Velrans. Comme il y a beaucoup de blessés, les troupes ne vont pas pouvoir se battre les jours suivants.

Le samedi, Camus, Lebrac, Tintin et La Crique vont à la cabane pour faire la fête. Lorsqu'ils arrivent, un cri sort de leur bouche. Quelqu'un est entré dans leur cabane et a tout cassé. Le trésor n'est plus là.

– C'est sûrement les Velrans !

– Il faut trouver leur cabane, car ils ont sûrement une cabane, et faire la même chose.

– Comment ont-ils su où était notre cabane ? demande Lebrac. Nous seuls savons où elle est... Il y a un traître[1] dans notre groupe. Qui est-ce ?

– Nom de Dieu ! crie La Crique. Oui il y a un traître dans notre groupe et je sais qui c'est. Je le connais. Ah ! le salaud !

– Qui ? demande Lebrac.

– Qui ? demandent les deux autres.

– Bacaillé ! Je suis sûr que c'est lui. Jeudi il est allé à la foire avec son père. Vous vous souvenez de la tête qu'il avait quand il est rentré le soir ? Il avait l'air de se moquer[2] de

1. Traître : personne qui abandonne un groupe pour un autre.
2. Se moquer de quelqu'un : rendre quelqu'un ridicule, rire de quelqu'un.

Ce jour-là, il y a une bataille terrible entre les Longevernes et les Velrans.

nous. Eh bien, en revenant de Baume, il est passé par Velrans avec son père et Bacaillé a sûrement dit à un Velran où était notre cabane. Et les Velrans sont venus hier pour tout casser.

Camus ferme son poing, le lève vers le ciel et dit qu'il va se venger. Puis ils rentrent tous les quatre au village.

V

Le dimanche après-midi, comme toutes les semaines, les Longevernes se retrouvent à la sortie de l'église.

– On va à la cabane ? propose La Crique à ses camarades.

Les Longevernes, qui ne savent pas dans quel état se trouve la cabane, partent vers le bois, très contents.

– Ah ! nom de Dieu ! dit Lebrac.

Il s'arrête devant la cabane et fait semblant d'être surpris en la voyant.

Tous ses camarades entrent dans la cabane, sauf Camus et La Crique qui restent devant la porte.

– Qui a bien pu faire cela ? Où est notre trésor ? crient les Longevernes.

– C'est sûrement les Velrans ! dit Grangibus.

Lebrac laisse ses camarades crier et pleurer puis il les regarde en disant :

– Ce n'est pas possible ! Les Velrans n'ont pas trouvé notre cabane tout seuls. Quelqu'un leur a montré où elle était. Il y a un traître ici et je le connais.

Bacaillé, le traître.

– Il est ici, crie La Crique.

– Suivez mon regard et vous verrez le traître, crie Lebrac en regardant Bacaillé.

– Ce n'est pas vrai ! Ce n'est pas vrai ! dit Bacaillé en rougissant[1] et en tremblant.

– Vous voyez, il reconnaît qu'il est le traître.

– Ce n'est pas vrai, ce n'est pas vrai ! Je ne connais pas les Velrans, je ne les vois jamais.

– Silence, menteur ! lui dit Lebrac. Jeudi, la cabane était en bon état et hier, samedi, elle ne l'était plus. Camus, Tintin et La Crique peuvent le dire car ils sont venus ici avec moi. Bacaillé, tu as dit aux Velrans où était notre cabane le

1. En rougissant : en devenant rouge.

jeudi soir, en revenant de la foire avec ton père.

– Ce n'est pas vrai ! pleure Bacaillé. Je veux partir.

– Attachez-le, dit Lebrac en lui donnant une gifle. La Crique, toi qui connais ton histoire de France, que faisait-on avant pour faire parler les traîtres ?

– On leur brûlait[1] les doigts de pied.

– Enlève les chaussures à Bacaillé et allume le feu.

– Oui, c'est vrai, reconnaît Bacaillé. Nous sommes revenus de la foire avec les Boguet de Velrans, le père et le fils, et nous sommes allés chez eux pour boire un verre de vin. Et j'ai dit où était la cabane.

– Ils ont volé notre trésor, dit Lebrac. Et notre trésor valait bien cent sous. Bacaillé, tu nous as volé cent sous. Tu peux nous les rendre ?

– J'ai trois sous, pleure Bacaillé.

– Alors nous allons prendre tes boutons pour remplacer une partie du trésor que tes amis les Velrans ont volé.

– Les boutons de mes habits du dimanche ? Je ne veux pas ! Je le dirai à mes parents.

Les Longevernes lui mettent son mouchoir dans la bouche pour le faire taire et lui coupent ses boutons. Puis, l'un après l'autre, ils le fessent avec une branche et le laissent partir.

---

1. Brûler : mettre le feu.

V

Bacaillé vient d'arriver dans le village, presque tout nu, les fesses rouges de sang, ses habits à la main, en poussant des cris terribles et en pleurant. Son père et sa mère l'emmènent chez eux. Tout le village les suit en se demandant ce qui se passe.

On couche Bacaillé, on lui donne du café et il se calme un peu. Un quart d'heure après, il raconte à ses parents et aux parents de ses camarades tout ce qui vient de se passer à la cabane, sans dire bien sûr que c'est lui le traître. Mais il dit tout le reste, tous les secrets de ses camarades, les boutons volés, l'histoire des sous.

Les voisins partent et ils disent tous la même chose en parlant de leurs enfants :

– Des enfants de leur âge ! Quelle horreur ! Quand mon fils va rentrer à la maison, je vais le battre et lui aussi aura les fesses rouges !

– Les voilà ! dit la mère de Camus.

– Rentre tout de suite à la maison, commande le père Tintin à son fils.

Tous les parents appellent leurs enfants. Et,

de toutes les maisons, sortent bientôt des cris et des pleurs car tous les parents Longevernes fessent leurs garçons et leur font promettre de ne plus se battre avec les Velrans et de ne plus voler ni œufs, ni clous… Et bien entendu, ce soir-là, ils vont tous au lit sans manger.

Les Gibus et Gambette, qui habitent en dehors du village, entendent les cris et comprennent tout de suite ce qui se passe.

– C'est à cause de Bacaillé, dit Grangibus à son frère. Je suis sûr qu'il a tout raconté. Nous devons nous venger et, pour cela, il faut trouver la cabane des Velrans.

Les jours suivants, on interdit aux enfants de s'amuser ensemble dans la rue ou dans la cour de l'école et on leur défend même de se parler.

Le samedi, comme Bacaillé va mieux et qu'il peut sortir, on leur permet de jouer dans la cour de l'école. Puis le lundi on les laisse enfin jouer et bavarder ensemble.

***

Ce soir-là, les Longevernes sont réunis près de leur ancienne cabane.

– Où est-il ? demande Lebrac à Gambette.

– Là, dans notre nouvelle cachette. Mais, tu sais, il a grossi !

Ils vont tous voir la nouvelle cachette et

Gambette prend sous un rocher un sac énorme[1] plein de choses qui appartenaient aux Velrans.

– Comment est-ce que vous avez pris leur trésor, les Gibus et toi ? Vous avez trouvé leur cabane ? demande La Crique à Gambette.

– Ils n'avaient pas de cabane. Et nous avons eu de la chance de regarder en l'air !

– ?...

– Oui, on passait sous un arbre et on a vu un écureuil[2]. Grangibus m'a dit : « Monte dans l'arbre pour voir comment est cet animal. » Je monte et qu'est-ce que je trouve ?

– Le sac avec le trésor des Velrans ! répond Lebrac.

– Mais non ! je ne trouve rien du tout. Mais en regardant en bas, je vois la cachette ! Nous avons tout pris et avant de repartir, nous avons pissé dans leur cachette.

Les Longevernes serrent la main de Gambette et le félicitent[3].

– Vos parents vous ont beaucoup battus ? demande Grangibus à ses camarades.

– Oui, et ils pensent que maintenant nous n'allons pas recommencer. Ils pensent que nous sommes des couilles molles ! On recommence, n'est-ce pas ? dit Lebrac.

---

1. Énorme : très gros.
2. Écureuil : petit animal roux avec une longue queue.
3. Féliciter : faire des compliments.

– Comme si nous ne savions pas ce que nos parents ont fait lorsqu'ils étaient jeunes ! Le soir, ils nous envoient au lit et eux ils parlent avec les voisins. Ils boivent de l'eau-de-vie et racontent des histoires de leur jeunesse. Nous, on ne dort pas et ils ne savent pas qu'on sait. Moi, j'ai entendu mon père raconter comment il allait voir ma mère avant de se marier et comment il couchait avec elle. Voilà ce que faisaient nos parents. Nous, nous ne faisons pas des choses pareilles. Et pour un traître et un voleur qu'on fesse un peu, ils font des histoires, nous punissent et nous battent…

Chacun repense à la fessée qu'il a reçue et La Crique dit :

– Quand je pense que, quand nous serons grands, nous serons peut-être aussi bêtes[1] qu'eux !

1. Bêtes : idiots.

Les vêtements

Blouse : vêtement qui couvre les autres vêtements pour les protéger. À l'école, les enfants portent une blouse.

Boutonner : fermer un vêtement avec les boutons.

Bretelles : morceau de tissu qui passe sur les épaules et qui sert à maintenir le pantalon.

Col : partie d'un vêtement qui est sous la tête et qui entoure le cou.

Déshabiller : enlever les habits.

Habit : vêtement.

Lacet : sert à attacher les chaussures.

Manche : partie d'un vêtement qui couvre les bras.

Mouchoir : morceau de tissu qui sert à nettoyer le nez.

Poche : sorte de petit sac fait dans les vêtements pour garder le mouchoir ou d'autres choses.

Raccommoder : réparer (pour des vêtements).

Recoudre un bouton : remettre un bouton à sa place, avec du fil et une aiguille.

Soulier : chaussure.

Livre I : La guerre

I

1. Qui sont les Longevernes et les Velrans ? Est-ce qu'ils sont amis ?

2. Qu'ont fait les Velrans et comment les Longevernes se vengent-ils ?

II

1. Pourquoi les enfants ne se battent-ils pas le dimanche ?

2. Que font les Longevernes à Migue la Lune ?

III

1. Pourquoi la bataille de ce jour-là est-elle différente ?

2. Comment réagissent les parents de Lebrac ?

IV

1. Quelle solution trouve Lebrac pour ne plus abîmer les vêtements ?

2. Où mettent-ils les cailloux ?

Livre II : L'argent

I

1. Pourquoi les Longevernes ne veulent-ils plus se battre tout nus ?

2. Pourquoi veulent-ils des sous ? Que propose Lebrac pour avoir des sous ?

II

1. Comment l'Aztec des Gués réussit-il à rentrer chez lui sans son pantalon ?

2. Que font Lebrac et Camus avec le pantalon de l'Aztec des Gués ?

III

1. Que se passe-t-il ce matin-là dans la classe ?

2. Que vont faire les Longevernes pour garder le trésor ?

Livre III : La cabane

I

1. Qu'arrive-t-il à Touegueule et comment se venge-t-il ?

2. Que font les Longevernes à leurs prisonniers ?

II

1. Que veulent faire les Longevernes avec leurs sous ?

2. Que font-ils pendant la fête ?

III

1. Pourquoi est-ce que Bacaillé et Camus se battent ?

2. Comment réagissent leurs camarades et pourquoi réagissent-ils ainsi ?

IV

1. Que fait Bacaillé pour se venger de ses camarades ?

2. Comment La Crique découvre qui est le traître ?

V

1. Pourquoi est-ce que La Crique propose à ses camarades d'aller à la cabane sans rien leur dire ?

2. Que font les Longevernes à Bacaillé ?

VI

1. Pourquoi est-ce que le village est en pleine révolution ? Comment réagissent les parents ?

2. Que pensent les Longevernes de leurs parents ?

Édition : Martine Ollivier

Couverture : Michèle Rougé

Illustrations :
Illustration de couverture : Marie Baschkirtseva, *Le Meeting*, Musée d'Orsay, Paris. Photo : Archives Nathan
Illustrations de l'intérieur : Les photos illustrant cet ouvrage sont tirées du film de Yves Robert *La guerre des boutons* (1962). Productions de la Guéville.
Portrait de Louis Pergaud, p. 3 : Archives Nathan

Recherche iconographique : Gaëlle Mary
Coordination artistique : Catherine Tasseau

N° de projet 10132180 - Février 2006
Imprimé en France par France Quercy - 46001 Cahors
N° d'impression : 60340 AFF